내 가난한 문장은 자주 길을 잃는다

사이펀 현대시인선 26

내 가난한 문장은 자주 길을 잃는다

ⓒ 2024 배태건

초판인쇄 | 2024년 11월 20일
초판발행 | 2024년 11월 25일

지 은 이 | 배태건
펴 낸 이 | 배재경
펴 낸 곳 | 도서출판 작가마을
등   록 | 제 2002-000012호
주   소 | 부산광역시 중구 대청로141번길 3, 501호(중앙동, 다온빌딩)
          T. 051)248-4145, 2598 F. 051)248-0723 E. seepoet@hanmail.net

ISBN 979-11-5606-273-8   03810   정가 12,000원

.

사이펀현대시인선 26

내 가난한 문장은 자주 길을 잃는다

배
태
건

시
집

도서출판

작가마을

들어서서 바라보니
바다를 이고 사는 것들은
기댈 곳도 없고

지난날 이야기들은
뭔 말인지도 모르겠다

그저 바라보고 머물다
웃는다
내 가난한 문장을 찾아
길을 잃는다

2024. 늦가을
배태건

배태건 시집

• 차례

siphon

내 가난한 문장은 자주 길을 잃는다

제2부 ··· 파랑새의 언어

배태건 시집

제3부 ··· 로또는 로또를 모른다

siphon

내 가난한 문장은 자주 길을 잃는다

제4부 ⋯ 묘비명

해설

사이펀
현대시인선
26

내 가난한 문장은 자주 길을 잃는다

배태건

제 1 부 낭 만 노 숙

매화

첫사랑 아득히 피어 있네

가던 길 멈춰 서서 내 마음 얹어 놓네

목련꽃 밤하늘

가지에 얹힌 가로 등불 골목 그득 일렁인다

어둠도 하늘하늘 봄바람에 얹혀 흔들린다

꽃자리 자리 자리에 펼쳐놓는 이름 하나

작은 입술 오물오물 봄 향 그득 조물조물

달무리 지던 그 밤 첫 순정 그리던 밤

목련꽃 터지는 봄밤이면 허공 가득 돋는 너

가을이 지는 저녁

길게 누운 그림자에서 국화 향이 흐른다

붉은 변주곡을 시작하는 서쪽 하늘
차가워질 계절에 햇살을 나누며 펼치는 시 한 수
물들어 가는 문장마다 눈이 아리다

사랑 때문에 울어 본 적 있냐고
떠나는 구름의 눈시울을 아냐고
익숙한 걸음을 붙들지 마라

발밑에 쌓이는 이별은 막을 길이 없다

한 구절 은유조차
깊은 곳에 숨어 나오길 주저하는 시간
이렇게 나란히 쓸쓸함이 쌓이는 자리
풍요의 계절은 모른다
쓸지 마라
너와 나의 이름 자리

늦가을 저녁 창가엔 이미 겨울이 와 서성거린다

낭만 노숙

글썽글썽 저를 뜯어내는 통기타 곁으로
어둠의 발길들이 멈춰 선다

기울어진 술잔처럼 엇박자 노래를 흘리는
허술한 몸짓
날개 접은 밤 비둘기도 구구구구 모여든다

가늘고 굵은 줄들이 퉁겨 뱉어내는 이야기
포개 얹은 종이박스 몇 장에 올라앉아
펄럭거리는 지폐 몇 장을 누르고 있다

온몸 터져라 긁어 대는 밤의 집시여
가자, 낭만으로
텅텅 빈속을 채워 넣으며
길들도 기울어지는 곳

으슥한 도시의 한 쪽을 갈아 끼우며
어디에든 틀어 앉으면 둥지가 된다
흐느적거리는 통기타를 향해 시집 한 권이 다가간다
머뭇머뭇 쓰다만 시의 행간에 끼워 넣은

지폐 한 장도 따라간다

새 이름을 붙이며 노숙의 밤이 몇 페이지 더 늘어난다

꽃의 이면

잠시 꽃그늘 아래에서
쏟아지는 꽃비의 황홀함에 젖어
세상을 까마득하게 잊어갈 때

문득 들려오는 소리
흐느낌을 쏟아내는 소리

피는 꽃만 꽃이더이까
지는 꽃만 꽃이더이까
아픔으로 피어나고 지는 이름들
이 세상 태어난 줄 모르게 태어나
이 세상 떠나는 줄 모르게 떠나는 이름들
모진 계절을 건너고 건너
몸살처럼 솟아오르는 가시도 있더이다

저릿한 몸 혼미하게 펼치고
솟구치는 이름들 받아 안는 바닥 날개

숲마다 언덕마다 꽃그늘을 키우는
꽃의 이면은 날개의 이면을 알까

기적

새싹일 때 내 꿈은 땅 위를 부양하여 하늘을 날고 싶었
지 물 위를 걷고도 싶었고 물속을 헤엄치고도 싶었어

나무란 이름을 얻고 보니 내 자리 내가 만들며 내 뿌리
내가 내리고 내 꽃들 내 잎들 피고 지우며 그림자마저 내
이름으로 익는 것

휘어진 어깨 위로 가지 사이로 매달리고 걷고 뛰어다니
는 이름들아, 우리가 폭풍의 밤을 지날 때 누가 다녀 갔
을까

저기 햇살이 부시네
기적처럼 기적을 울리며

5월

장미꽃
붉은 겹겹
향기도
맴을 돈다

꽃잎 한 장
추억 한 장
첫사랑 설렘 같은

꾸어도 또 꾸는 꿈이다
마르지 않는 샘물이다

별일

봄비 그치니

꽃방 방문에 걸터앉은 빗방울들

도 란 도 란 도 란

젖은 속삭임 사방을 담아 굴리고

방방이 든 햇살 말간 꽃잎들에 두근두근

기웃거리던 발소리 잠깐 주춤거리다 빠진다

낙엽이 보내온 낙서

스쳐 가는 바람에도 흩날렸지

이젠 소멸의 시간

흔들리던 생을 마감하고

물들이던 꿈도 떨어내고

다음 생을 예약해야지

부활을 위한 고요의 시간

누가 나를 들어 시편 갈피에 끼웠으니

나는 곧 부활할 거야

구체적으로

길 위에서 말리다

이른 봄볕에 동백섬 갈맷길
상처를 펴놓고 말린다

바람이 차도
동백꽃은 고요히 물들고
상처 위에 저를 누인다

꿈속처럼 아득한 내 비탈길
꽃들을 구깃구깃 꺼내 풀 때

동행하자 동행하자
파도 소리 철썩거린다

밀려오는 것들은 그만 열자고
떨어지는 것들은 그만 덮자고

부엉이의 대답

잔잔한 바람결에도
물 위를 이리저리 떠도는 개구리밥처럼
밤새도록 어슬렁거리며 지샌다

어둠이 표백되는 새벽녘
초롱초롱한 눈동자로 지켜보는 부엉이에게 물었다

시련에 직면한 인간이
선택 할 수 있는 방법이 뭘까

생물학자 앙리 라보리가 말한
[도피 예찬]을 읽어 봐

맞서 싸우거나
아무것도 하지 않거나
달아나거나

해무는 새벽을 밀어내고
어둠을 쓰다듬어 주던 달빛도 지고 없는데
밤의 기억이 사라지지 않도록
이제는 일어날까

일어나 낮달에게 다시 물어볼까

부엉이가 무슨 말을 하였더냐

분수대

하늘을 가득 메운 구름에서
소낙비 쏟아질 때

이리 보나 저리 보나 물구나무를 서서 보나
소낙비는 소낙비
하지만 넌 구름에서 솟아오르는 솜사탕 분수대라 하는
구나

그래, 우리 서로 젖거나 달달하거나
흩어질 때도 분수처럼

사랑도 이별도 분수대처럼

서문 쓰기

풀섶을 헤치다 돌부리에 걸려 넘어진다 세상을 음미하고 시간의 질척한 골짜기를 더듬던 방랑의 힘으로 없는 길을 만든다

길을 채우며 생이 다하는 그날까지 미쳐야 한다 떨어져 누운 단풍잎을 그냥 보내기 아쉬워 고운 잎 곁에서 맴을 돈다

거대한 이야기책에 꽂혀있는 책갈피처럼 마음 닿기를, 미필적 사연들이 책갈피 사이사이 끼인 채 바스러지고 마는 아픔이 아니길

내 남은 생의 첫날을 가장 황홀한 빛깔로 채색한다

섬

기다림은 없다
홀로 씩씩한 너는

수평선 너머 천리만리 달려와
제 말만 쏟아놓고 달아나는
파도의 뒤태를 걱정한다

어떤 이름으로 불러내도 모른 척
젖지 않는 곳은 젖지 않는다

사랑에 깊이 저를 못질한 사람은

바다 깊이 뿌리를 내린 채 보이다
안 보이다 안개를 좋아하는 섬

쓸쓸한 것들

일 년도 못살고 떨어지는 나뭇잎

바람에 손 흔들며 허공에서 멀어진다

이별이 서툴다는 새빨간 가을 탓

어제는 들판에서 오늘은 강가에서

비스듬히 유혹하는 햇살에 기대니

마른 국화꽃이 그 속내를 펼친다

바람 그득 쓸쓸히 실려 흔들린다

여름 보내기

스마트폰을 껐다

바람 소리까지
귀 기울이지 않기로 한다

거울을 쳐다보다가
하루를 굶기로 하고
물 한 모금도 먹지 않기로 한다

8월의 태양은
그리 괴롭지도 않고
네모진 방안에는
오직 무색의 시간만 가득하다

방도 시간도 마음대로
늘어나거나 줄어든다

조금씩 무게를 줄이며 둥둥 떠다니는
내가 만든 세상은 이름을 바꾸고

나는 팔월의 태양을 바뀐 이름 너머로 던진다

다시, 백·일·홍

짙어가는 초록 위에 선홍빛 반짝인다

뿌리째 밀어 올린
저 붉은 마음

뜨거운 숨 내쏟는구나
날마다 숲을 물들이며
기울어지는 걸음걸음 누구를 기다리나

고목이 다 된 나도
저렇게 불붙을 수가 있을까

여름내 익혀둔 마음을
낭자하게 펼쳐본다

사이펀
현대시인선
26

내 가난한 문장은 자주 길을 잃는다

배태건

제 2 부

파랑새의 언어

섬 이야기

엘리베이터에서 열림 버턴을 누르고
온화한 미소로 이웃을 맞이했다

직업이 무엇이냐 입주민 대표 추천을 하겠다

한 지붕 아래 비둘기 집처럼 너무 빽빽하고 높다고
윗집 아랫집 누가 사는지 이웃의 얼굴도 모른다고
층간 소음 분쟁하다 평생 신세 조진 놈의 기사가 떴더
라고
요즘엔 왜 반상회를 개최하지 않냐고
하늘이 보이는 골목길은 없고 복도만 있다고

파도를 일으키던 42층 할머니
출렁거리는 물결에 모두 흔들리며 살고 있는데

언제 쓰나미를 따라갔는지
텅 빈 42층
석 달이 지나도록 그의 부재를 몰랐다
아랫집 윗집 아무도 그 기적을 몰랐다

연애 맞다

문득
잠 깬 새벽
달빛 그림자에 이끌려
빈곤한 언어들을 가두어 둔 휴대폰을 꺼내
까치발 걸음으로 서재에 들어섰다

창밖은 어둠 속의 세상
적막감이 은밀하게 집약된 공간
테블릿 PC에 숨어있던 몇 개의 퍼즐과
모아둔 기억의 조각을 맞추는 순간
등 뒤에서 튀어나오는 거친 목소리

"도대체 이 밤중에 무슨 짓 하요. 여자 생겼제? 딱 걸렸
다요 며칠 전부터 이상한 낌새를 지켜보았다니까"

배신감의 눈빛으로 왈칵 휴대폰을 덮쳐 검열한다

"시를 쓰려면 조용히 마음을 가다듬고 써야지
이 야밤에 도대체 뭔 짓인지
나 원 참 건강 베리겠다"

그녀의 표정은 금세 머쓱해지고
돌아서는 등을 향해 나는
속으로 중얼거린다

"맞다, 나 시와 연애하는 중이다"

낮달이 내려다보는 한낮

북적거리는 재래시장
앞서가던 흰머리 남자 양손의 비닐봉지가 터진다
여기저기 흩어져 바닥에 나뒹구는 복숭아
두둑하게 잘 익은 복숭아
바닥에 부딪혀 금방 멍들고 상처에서 진물이 흘러내린다

은퇴 전 직장에서 호령 했을 법한 굳은 표정
나뒹구는 것들에 어쩔 줄 몰라 복숭아를 줍는다

치매에 시달리는 어머니가 좋아하는 것인데
봉지가 왜 그리 잘 터지냐
중얼중얼 복숭아의 상처를 어루만진다

쪼그려 마주 앉는 길손들
흠집이 좀 있으면 어때요
깊고 덜큰한 향이 좋은데요

복숭아를 주워 건네며
복숭아씨처럼 깊이 패인 남자의 세월을 다독인다

희뿌연 낮달이 내려다보는 한여름 낮

〉

노포 오일장 맛집 간판 위 옹기종기 앉아 있던
비둘기들이 날아들어 기웃거린다

답은 없다

심청이가
역사의 인물인 줄 알았다

인당수란 바다는
서해 어디에 있는 줄 알았다

세월을 겪다 보니
심청이는 현실에 발 묶인
처녀의 삶인 걸 알게 되었고
인당수는 사람의 바다란 걸
비로소 깨닫게 되었다

아버지를 위해
오롯이 공양미 삼백 석에 바닷속으로 뛰어들었으니
옛날이나 지금이나
인당수는 지명
심청이는 역사의 인물

세기를 바뀌어 가는 삶 속에서
우리가 진정
추구해야 할 가치는 뭔지 생각했다

〉

삼백 석의 정량적인 현존 가치
심청이는 일억 원에 목숨을 걸었다
16세 소녀의 재물이
효도인가 불효인가

지체 높으신
바닷속 용왕님을 알현해 물어나 볼까

동행

빗속을 걷는다는 건
모든 탐욕을 씻어내는 일
꽃 피어 환할 때도 그대들 보다
더 아름다운 건 세상에 없었으니

산속에 불붙던 진달래
안갯속 간간이 보이는 산수유 꽃잎
은물결 안개비와 속삭일 때도
오르막길 숨 막혀 구슬방울 미소로
봄을 몰고 오는 그대들
참으로 아름다운 날이었다

두 갈래 오솔길
솔잎 주단을 밟고
숲속 오솔길을 걸어가는
아름다운 동행

대웅전 부처님

대웅전 앞마당 한쪽
상사화 피는구나

정이 그득하신 스님 한 분
절밥만으로
수행을 어찌할꼬?

불단에 앉아 계시는 부처님
근엄하신 표정으로
한 말씀 하시려나

문밖이 모두 빙그레 웃으신다

혼술

갑자기 사람이 그리운 날
아, 미치도록 허한 날

따라온 그림자마저 돌아갔는가
외로움을 안주로 파먹으며 홀짝거린다

미운 사람도 좋은 사람도 하나 없는
나 홀로 세상에 갇힌 채 나는
술독이 되어간다
시큼한 안주가 되어간다

한여름 꿈

단 한 번 사랑을 위해
초목도 숨 가쁘다

그리움 깊어지면 속울음도 깊어져서

잎잎이
물색 짙어져
발소리도 벌개진다

파랑새의 언어

황사가 새벽을 밀고 왔다
가뜩이나 먼 풍경의 산봉우리를 가리고
아침을 열어주던 파랑새는 기척이 없다

밤새 바람에 맞서다 꺾어진 마른 솔가지로
마당에 쪼그려 앉아 새를 그렸다

접었던 날개를 다시 펼쳐 그리고
눈동자를 그리고
부리를 그리려는 순간
머리 위 소나무 꼭대기에 앉아있던
파랑새 한 마리가 소리친다

나뭇가지를 가만가만 흔들어 주던 바람결
맑은 햇살은 먼지 끝에 묻혀 가려지고
황사 바람이 부는 아침
소나무 가지 어디엔가 숨어 앉아
파랑새가 소리 소리 멀어진다

네 희망은 그만 숨이 막혀 사라지련다

타인의 시간

마지막 잎새처럼 매달려
물끄러미 내려다보는
12월의 달력 사진
동백나무 가지에서 깜박이는 빨간 신호등
한 번쯤 뒤돌아보라는 듯
잠깐 멈추라고 길을 막는다

한 해의 벼랑 끝에 서서
산길, 들길, 바닷길
사계절을 쉼 없이 길 위에서 함께한 시간을 돌아본다

어리석음은 미래를 꿈꾸는 시간
아쉬움과 미련은 버릴 것도 새로울 것도 없는 일상

움츠려 새우잠을 자던 별은 그믐달 달빛 사이로
사라지고
말을 걸어도 사방은 흘깃거리지도 않는다
잠들지 못한 시간이 불러오는
새벽은 달력 속에 멈춰 웃는다

동백 신호등에 잡혀 나가지 못하는 마우스와 커서
키보드와 모니터에 갇혀 식어가는 시간

대보름

오곡밥과 봄나물이

밥상 위에 소복한데

가신님 손맛이 그리워

저 하늘을 쳐다봅니다

보름달도 머뭇머뭇

오래 내려다 봅니다

미녀봉

새벽달이 그린 그림

오똑 선 콧망울
두툼한 입술과 턱선
풍만한 가슴과 몸매
길게 누워있다

지난밤
달콤함을 즐기고
깊은 잠에 빠져든

당신,

언제 산 위로 올라갔지

배웅

겨울바람 짜릿한 밤

뒤돌아

돌아보며

콜록거리는 그림자

잡은 손을 풀고
푼 손을 다시 잡고

방향을 더듬는 동안

멀어져 가는 기적소리

실려 가지 못한 걸음이 서성거린다

지상으로 내려앉는 별들이

비틀거리는 배웅의 뒷등에 붙는다

오늘 밤은 너무 길겠다

인사가 한참 더 생겨 나겠다

시월, 마지막 날에

산은 산으로 말하고
하늘은 하늘로 말하고
바다는 바다로 말한다

밀물과 썰물이 뱉어내는
거품 같은 그리움
망각이란 말을 그 속으로 던져넣으며
떠나야 하는 것들은 주변을 서성인다
돌아오는 것들이 낯설다

누워서 실려 가는 흰 구름
무리 지어 손 흔드는 연보랏빛 들국화

벼랑 끝에 서서
아직 끝나지 않은 사랑을
시월의 끝자락인들 어쩌겠나

그녀를 만났다

다시는 만나지 않으려 했지만
말처럼 쉽지가 않다

밤마다 불러내는 내 사랑은 이기적이다
염천의 날씨에도 단 한 번 거부를 하지 않는
매끈한 몸매, 탄력 있는 허리
조용히 내 품에 안긴다

태양이 쏟아부었던 대낮의 열기
거칠게 내어 뿜는 뜨거운 숨소리
금방이라도 타버릴 것 같은
열대야에 익혀진 내 몸을 식히는 것은
오롯이 그녀와 나누는 애정

절정의 순간

깊은 여름밤의 목덜미를 움켜쥐고
손톱자국 대신 비밀스러운 육각형의
문양을 내 몸에 새겨 넣는다

내 사랑 竹부인

낮 달맞이꽃

씻긴 보도블록 틈새에
달맞이꽃 한 포기
날아와 닿은 곳 여기였던가
단단한 어둠 속으로 뿌리내리고
먼 곳을 향한 줄기 세웠다

몰아치는 땡볕
무수한 발걸음에 짓눌려도
꺾일 듯 일어서는 기다림

웅얼웅얼 취한 듯
엎드려 들여다보는 사내
희미하게 낮달의 이름을 부른다

보도블록 위로 이름들이 흩어진다

제
3
부

로 로
또 또
를 는

모
른
다

잎의 말

상처로 여기면 아픔도 하찮으니

탓하지 마라
상처 없는 삶
그 어디 있더냐

통곡하지 마라
지금부터다

흘러가는 강물은
사실을 아랑곳하지 않고
자신을 정화시키며 생명을 준다

무엇으로 산다는 건
희극도 비극도 아니다
그 어떤 이유도 없으니

오직 피고 지고, 지고 또 피는 것

부부

옆구리 터질세라 돌돌 말아 오색 궁합
참기름 고소하게 피어나는 김밥 한 줄
젓가락 오케스트라 서로 품은 맛의 환상

로또는 로또를 모른다

오래간만에 다녀간 아들 녀석이 지 어미 몰래 내 손에
꼭 쥐여 준 신사임당 열 분
그분의 뒤통수를 일렬로 맞춰 지갑 속에 곱게 곱게 모
시고 다니는데

불금의 늦은 퇴근길, 어쩌면 팔자가 펴질지 몰라
천하명당 로또 가게를 찾는다

깰까 샐까 꿈 2장 모시고 나오는데

천하명당 로또 가게 문턱에서 딱 마주 선 사람

이 시간이면 쇼파에 파묻혀 포크송 LP 감상이나 하고
있을 마누라
간밤 꿈에 젊은 놈하고 결혼식을 올렸는데 혹시나
팔자가 바뀌려나 해서 부푼 꿈을 사러 왔단다

우리가 우리를 모르듯
로또는 로또를 모른다

국밥 한 그릇

가로등 불빛에 흩어지는 12월
지친 달빛을 안고 찬바람처럼 들어선 중년 남자
가마솥에 보글보글 끓고 있는 뽀얀 국물에 입맛을 다신
다
그릇에 마지막 남은 육수까지 들이마시며
그릇까지 들이마신 듯

찰나,
출입문을 와락 열어젖히고 줄행랑이다
뒤따르는 주인장 고함을 떼내고
중년의 남자는 사라졌다

그도 한때는
사회의 일원이었고
누구의 자식이며
한 여자의 남편이고
아이들의 근엄한 아버지였겠다

밥값을 치르지 못한 채
한 끼의 배고픔을 채우고 달아난 밤거리
마지막 은행잎들은 바람과 맞서 바둥대고

〉

가마솥 걸린 노포의 처마 아래
낯선 언어를 물고 오는 비둘기 떼 구구 거린다

다리미가 뜨거워지면

마법의 도구다

구겨진 속까지 매끄럽게 펴준다

물안개를 뿜어내듯 펴지는 웃음기

뒷편까지 촉촉하다

반듯하게 세심하게

색조 화장 하나 없이

한결같은 너의 미소

신발의 표정

주말 저녁 모여든 가족
두 아들과 며느리 손주

녀석들의 웃음소리
집안은 왁자지껄

먼 길 따라나섰던
신발은 긴 하품

아장아장 손주 걸음
아내는 신발까지도 싱글벙글

오리발 후유증

새끼들 건강하게 성장하여 제 갈 길 다 찾아가고
언자 당신과 나 둘만 있는데 와 설거지 한번 안 해 주노

느닷없는 아내의 절규에 가까운 하소연
젠장,

세제와 식기의 뒤섞인 화학적 사랑
몸뚱어리를 껴안고 비벼대며
수세미의 거품과 어우러진 식기들의 신음 소리에
그만 접시가 깨졌다

아뿔싸, 영국 여행길에 사 왔던 핸드메이드
이걸 어찌해야 하나
깨진 저녁을 안고 안절부절 못한디

명령을 내려놓고
소파에 파묻혀 곯아떨어진 아내에게
홑이불 조심스레 덮어주며
식탁에 앉아 묘안을 찾는다

아! 오리발

완전범죄를 노리며 다가선 분리수거장
휘영청 떠올라 나의 행동을 내려다보는 둥근 달
아, 접시가 언제 저기로 올라갔지

늘어진 운동복처럼 엉거주춤
늘어져 서 있는 너는 누구냐

다 쓰지 못한 일기

재개발 현장 후미진 골목길에서 꼬깃꼬깃 접혀 손 때 묻은 삶의 흔적, 주인 잃은 지폐 두 장을 주웠다. 주름진 사임당의 눈빛 꾹 다문 입술, 어떻게 하나 보자며 나의 행동을 주시한다. 손바닥 다림질로 구김살 펴진 얼굴 입가에는 알 듯 모를 듯 오묘한 표정. 거침없이 마주 보는 시간의 흐름은 누군가의 잃어버린 기억, 헐거워진 지갑이 보내는 야릇한 미소. 마침표를 찍지 못하는 하루

伏날 福날

초복
중복
말복
원기충전 고작 3일 伏날

일 년 365일
마음이 행복하면
봄 여름 가을 겨울
날마다 福날

손주에게

너 오던 날
가을 하늘은 푸르름으로 끝이 없고
시월의 들판은 오색 축포를 터뜨렸다

너의 첫 울음소리가 환희로 왔다

꼭 쥐고 있는 주먹 속에
천지를 호령할 힘이 보였다

맑고 정갈한 정화수 같은
너의 눈물을 받아먹었다

뜨겁게 뛰고 있는 심장
세상의 축복 속에 빛나는 희망으로
가슴에는 영원히 빛나는 불꽃으로

내 귀한 아가

열매로 씨앗으로 잘 영글어 보자

잘 가시오

떠나자 떠나자며
가는 듯 머무는 듯
낙엽인 듯 바람인 듯
눈시울부터 적시며 손 흔드네

가시오
잘 가시오
천지는 아득하게
노을에 젖어든다

보내야 간다면
떠나야 다시 온다면

울지 말고
소란 떨지 말고
후회도 하지 말고

위하여

삼백예순하고 남은 하루하루를
손가락 꼽아 봅니다

우리 함께한 관념 덩어리들

슬픔과 행복
좌절과 감동
허탈과 성취
용서와 화해

마지막 남은 오늘 하루 하나씩 펼쳐보는 동안
서쪽 하늘은 붉은 눈시울부터 적셔 옵니다

새해엔 눈에 보이고 손에 잡히는 시간을 위하여!

내일을 위해 오늘을 잊고 사는
당신을 위하여!

수확의 시간

나뭇가지 끝에 쪼르르 달려
익어서 고개를 숙이는 야무진 결실
알알이 맺혀 미소 짓는 한해의 노고

나뭇가지를 흔들어 긴 장대로 두들기는 수확의 기쁨은
땅바닥에 굴러떨어지는 널브러진 열매의 아픔이다

대추나무 알맹이는
깊이 패인 주름살에 피멍이 들어있고
샛노랗게 질린 은행잎은
혼절하듯 쏟아진다

마법

흙에 꽃씨 뿌리고
흙에 글씨 뿌리고
흙에 말씨 뿌리고

꽃씨는 꽃이 되고
글씨는 시가 되고
말씨는 삶이 되고

꽃은 영원한 모성이 되고
시는 생명의 젖줄이 되고
삶은 마법의 기적이 되고

파도가 하는 말

말하고 싶어도

말 못 하는 너를 위해

파도가 대신 온다

모래성 다 허물며

못 떠난

네 발밑으로

쌓아놓는 흰 거품

퇴고

내 가난한 문장은 자주 길을 잃는다
거리를 서성이며
부르지 못한 노래를 뱉고 삼킨다

걷지도 뛰지도 못하는
그 길에는 빛도 그늘도 숨을 곳도 없다
흙먼지를 덮어써도
소낙비에 흠뻑 젖어도

너를 향한 길이 있다면
가든지 오든지 맴돌든지
우리 흔들어 볼만한 세상 아닌가

정을 쪼아 다듬어본다

굽은 기둥과 뒤란에
슬쩍 새겨 숨긴 속내
나는 너에게
너는 나에게

서로 부르고 칠하는 소리 번진다

제
4
부

묘
비
명

가을에 들다

이파리 낱낱에다
수많은 길들 새겨놓고

샅샅이 들춰봐도
바다 하늘 따로 없네

산자락 훑고 가는 바람
내 흰 등짝 쓸고 가네

심장을 묻다

종일토록 내리는 겨울비는
비수가 되어 심장을 찌릅니다

깃털처럼 가벼워진 유골함을 받아들고
굳어버린 발걸음을 옮길 수 없어
주저앉은 채 통곡을 쏟습니다

추울까 비 맞을까
양팔과 가슴으로 감싸 안고
어머니
육십하고도 둘인
아, 나는 소망 없는 하나 아들이었습니다

회한의 눈물과 겨울비 뒤섞여 흐르는
눈물의 골짜기

캄캄한 어둠 속에 어머니를 묻고
무슨 말로 배웅할까

어머니 가시는 길
내 뜨거운 심장을 함께 묻습니다

집밥

하루 종일 허우적거리다 집에 닿은 저녁
묵은 지 고등어 조림 식탁이 풍성하다

보글보글 끓고 있는 매콤하고 칼칼한 국물부터 한입
덜큰한 무 한입
포슬포슬한 감자 한입
고등어 속살에 퐁당, 국물 또 한입

파릇한 봄나물과 상추에 봄기운을 싸서
붉고 맵싸한 갓은 양념에 푹 익혀진 고등어 하얀 속살
을 싸서

묵은 지 쭈욱 찢어 올리고 한 쌈
하루를 고명으로 올리며 한 쌈
지친 기억들 고명으로 올리며 또 한 쌈

한 그릇 뚝딱 하고 몇 숟갈 더

그릇 그득 어머니 손맛 듬뿍듬뿍 더 보태며
건너편에서 아내가 웃는다
내 하루가 불룩해졌다

어디로 가십니다

2019년 8월초 불의의 사고로 우측 대퇴부 골절상을 입고 수술 후 섬망증세 치매로 전이, 가까운 기억부터 사라져가는 어머니 모습에 어젯밤 당신의 외며느리는 목놓아 울었습니다.

어디로 가십니다.
24시간을 다 잊고
아버지를 잊고
자식을 다 잊고

망각의 강물에서 홀로 허우적거리실 때 누가 말동무나 되어 줄까요.

어머니!
저편 기억 언저리 꽃처럼 만발했던 웃음은 이제 전설만 남깁니까?
꽃잎처럼 풀잎처럼 자애롭고 자상했던 어머니!
이제 남은 식구들 어디로 가야 할까요?
밤을 설쳐버린 새벽녘
서쪽 하늘 달빛에 안겨 웁니다.

내가 나를 경계하듯이 너도 너를 삼가고 경계하며 살아
라
이쯤 멈추고 자신을 돌아보라,
단디해라! 단디해라!

어머니, 귀한 말씀에 업혀 웁니다.

뉘신지요?

밤하늘 아득하다

눈앞이 흐릿하다

잠 못 들고 뒤척이는

내 어둑한 구석구석

들추고 쓰다듬는

그대는 뉘신가요?

달빛에 홀리다

서쪽 밤하늘
유난히 밝은 달빛이 쏟아져 내린다

깊은 호주머니에 가득 담아

가을을 기다리는 초목에 한 줌
울어대는 매미 떼에 한 줌
마지막 남은 달빛 한 줌
종이비행기에 실어
온통 달을 닮은
달동네에 한 줌

양육은 끝나지 않았다

어머니의 방문을 열었다

반짇고리만 그 자리에 오래 앉아
불러도 대답이 없다

벽에서 알 듯 모를 듯한 표정으로
앉아 계시는 어머니와 마주쳤다

아버지 잘 모셔라
눈짓으로 말한다

방을 나서자
아버지의 헛기침 소리
따라 니온다

눈짓으로 헛기침으로
언제 어디에서든
나를 키우고 계신 두 양반

오늘의 날씨

날씨가 와이리 물쿠노
비가 올낀갑다
물팍이 우째 이리 마이 쑤시노

장마철
엄마 몸의 날씨 예보는
이렇게 시작된다

백발백중
지금은 들을 수 없는
기상 캐스터

날씨가 와이리 물쿠노

첫 벌초

아무리 보고프다 한들
만나 볼 수가 없지 않소
목메어 불러 보아도
목소리 한번 들을 길이 없지 않소

기껏 할 수 있는 일이라고는
어머니 무덤 벌초하는 일밖엔
달리 방법이 없소이다

당신께서 씨 뿌려 거둬들인
주름살 속에 박혀진 지혜
가족 모두 둘러앉아
가난을 나눠 먹으며
행복했던 그 시절

이생의 삶을 마무리하는 그 순간
통곡밖에 할 수 없었던 무능함

어머니 그리울 때
아무도 몰래 돌아서서
가슴으로 우는 울음 풀처럼 무성해져도
혼내지 마소서

흑백사진

오래된 사진첩 속 끼워진
곱게 빗은 단발머리 하얀색 카라
검정 교복 검정 운동화
그 순간 그 표정
어떻게 변했을까
아득하다

폼 나던 고교 시절에
너의 그림자와 함께 걸었지
두근대는 가슴을 속으로 감추고

눈빛이 따스한 숙녀가 되어가는
너를 바라보다가
갈림길에서
서로의 길을 따라 갈라졌지

칠해도 칠이 되지 않는
흑백시대

홍화소심

잎사귀는 날을 세워
허공 속에 묻혀있고

숨이 찬 꽃향기는 무엇을 매만지나

고요 속으로
내 마음은 그지없이 달아올라

한 손에 푸른 잎 꽈악 움켜쥘까

저렇게 몇 장의 꽃잎을 열고

밤의 깊은 소용돌이에 빠져들까

춘란

고향의 봄을 화분에 담아
옮겼다

새벽부터 쏟아내는 절규

─나, 돌아가고 싶다

도시의 한쪽에서 푸석해진
내 반백 년 타향살이를 친다

고향을 잃은 서로를 바라보며

뿌리내리지 못한 날들이
종일 무너진다

연꽃

당신처럼 그윽하게 살았으면 좋겠어요

혼탁한 세상 한 점도 때 묻지 않고

질척한 바닥끝까지
향기 천 리 물들이며

매생이 떡국

어슷썰기
달인이신 어머니

아픔도 어슷 어슷
설움도 어슷 어슷
그리움은
기억 위에 고명으로 얹힙니다

떡국 김 서린 설날 아침
이제야 알겠습니다

당신께서 쏟으셨던 정성
당신께서 내어주신 마음

추억은 웃음으로
허기는 사랑으로

나도 아버지가 되었다

"난생처음 이런 맛은 처음이더라."

고소한 팥 도너츠 한 무더기 사서 가슴에 품고
걷고 뛰며 오셨던 아버지

언 발 아랫목 이불 속으로 밀어 넣고
식구들 쪼로미 둘러앉아 먹던 날

입꼬리가 지긋이 올라간 초승달이
눈물 너머 어른거리던 낯선 도시
1968년 가야동의 어느 추운 겨울밤

"아버지 왔다"
오늘은 내가 30여 년 전 우리 아버지처럼
피자 한 판 사들고 외친다
포장지를 펼쳐놓고 오물오물 먹는 가족들을 본다

어느새 그때의 아버지보다 더 많은 내 나이
불현듯 아버지의 덥수룩한 수염을 느끼는 것은
그때 팥 도너츠가 아직도 내 핏줄 속에서

녹아 흐르는 까닭일까

아버지, 나도 아버지가 된 걸까요?

묘비명

1
저곳을 한 번 보시오
하늘이 참 푸르오
당신 만나 정말 행복했고
사랑했소
잘 다녀가오

2
당신의
해맑은 웃음소리와
햇살 같은 미소로
나의 눈물을
닦습니다

꿈꾸는 자들은 슬픔을 안다

황정산(시인, 문학평론가)

꿈꾸는 자들은 슬픔을 안다

황정산
(시인, 문학평론가)

1. 들어가며

시인은 꿈을 꾸는 사람이다. 사람들이 보지 못하고 듣지 못하고 알지 못하는 것을 시인은 꿈을 통해 발견한다. 그것은 세상에 없는 것이긴 하나 세상에 있었으면 하는 시인의 소망 때문에 보이는 것이다. 그래서 시인이 꿈꾸는 세상은 더 아름답고 충만한 그런 세상일 것이다. 그러나 현실에서 그런 세상의 모습은 항상 요원하기에 시인은 그리워하는 사람이기도 하다. 그 그리움은 현실에는 아직 존재하지 않는 것에 대한 이룰 수 없는 사랑이며 소망이기도 하다. 한용운이 그의 시집 『님의 침묵』 첫 작품인 군말에서 "그리운 것은 다 님이다"라고 말하는 것은 바로 이런 의미일 것이다.

배태건 시인의 시에서도 시인의 꿈이 그대로 그려지고

있다. 시인은 자신이 살아가는 삶의 현장이나 자신이 바라보는 자연의 모습을 그려 보여주고 있지만, 그것은 시인의 꿈을 통해 재구성된 모습이다. 그러므로 시인이 만들어 낸 언어는 꿈의 세계에서 온 방언이다. 그의 언어를 다시 우리말로 번역해 보자.

2. 꿈꾸기와 시 쓰기

시인이 꿈을 꾸는 이유는 그가 보통 사람보다 예민하기 때문이다. 그는 그 예민함으로 사람들의 고통을 먼저 느끼고 세상의 어둠과 폭력을 더 아프게 경험한다. 그러므로 거기에서 벗어날 소망 역시 더 간절할 수밖에 없다. 그는 그 간절함으로 인해 고통의 언어로 다른 사람의 신음을 대신 표현하고, 아름다운 언어로 더 나은 삶에 대한 전망을 선취한다. 그게 바로 시인의 꿈의 근원이다.

배태건 시인은 자신의 시 쓰기에 대한 자세를 다음과 같이 얘기한다.

풀섶을 헤치다 돌부리에 걸려 넘어진다 세상을 음미하
고 시간의 질척한 골짜기를 더듬던 방랑의 힘으로 없는
길을 만든다

길을 채우며 생이 다하는 그날까지 미쳐야 한다 떨어져
누운 단풍잎을 그냥 보내기 아쉬워 고운 잎 곁에서 맴을

돈다

거대한 이야기책에 꽂혀있는 책갈피처럼 마음 닿기를,
미필적 사연들이 책갈피 사이사이 끼인 채 바스러지고 마
는 아픔이 아니길

내 남은 생의 첫날을 가장 황홀한 빛깔로 채색한다

— 「서문 쓰기」 전문

시인에게는 자연마저도 고난의 길이다. 그런데 그것은
"방랑의 힘으로 없는 길을 만"들기 때문이다. 시인은 세
상에 없는 길을 위해 이미 방랑의 길 위에 있는 사람이
다. 그리고 그 길 위에서 아름다운 단풍의 사라짐을 아쉬
워하고 그것이 책갈피 사이에서 부서져 사라져 갈 아픔
을 함께 느낀다. 시인은 세상의 존재들이 겪는 고통과 그
리움을 다시 그려내 "황홀한 빛깔로 채색"하고자 한다.
시인은 자신이 해야 할 시 쓰기의 이유를 이렇게 규정하
고 있다. "내 남은 생의 첫날"은 이런 시인으로서의 사명
을 깨달은 첫날일 것이다.

빗속을 걷는다는 건
모든 탐욕을 씻어내는 일
꽃 피어 환할 때도 그대들 보다
더 아름다운 건 세상에 없었으니

산속에 불붙던 진달래

안갯속 간간이 보이는 산수유 꽃잎

은물결 안개비와 속삭일 때도

오르막길 숨 막혀 구슬방울 미소로

봄을 몰고 오는 그대들

참으로 아름다운 날이었다

두 갈래 오솔길

솔잎 주단을 밟고

숲속 오솔길을 걸어가는

아름다운 동행

– 「동행」 전문

시인은 혼자 산길을 가고 있는데 누군가 동행하고 있다고 느낀다. 그것은 세상에 없는 아름다움과 동행이다. 현상적으로는 진달래, 산수유 그리고 안개비 같은 봄날의 아름다운 자연이지만 그것들을 통해 시인은 세상에 존재하지 않는 이상적인 아름다운 세계를 꿈꾼다. 바로 이 꿈과 시인은 동해하고 있는 것이다. 사실 누구나 봄날 숲에 피어있는 꽃을 보고 아름답다고 느낄 수는 있다. 하지만 그것은 잠시 발견한 순간의 일이다. 그런데 시인은 이 아름다운 것들과 동행하고자 한다. 그것은 그냥 그날 그 산길을 걷던 시간의 일만이 아니라 자신의 삶을 통해서 찾고자 하는 어떤 아름다움에 대한 그리움의 열망이다. 시인이 전 생애를 두고 동해하고자하는 것은 바로 이 꿈이라 할 수 있다. 시 쓰기는 이 꿈을 포기하지 않고 아름다움과 동행하고자 하는 실천의 길이다.

이런 실천의 길은 쉽지 않은 고난의 길이기도 하다. 다음 시가 이것을 말해준다.

씻긴 보도블록 틈새에
달맞이꽃 한 포기
날아와 닿은 곳 여기였던가
단단한 어둠 속으로 뿌리내리고
먼 곳을 향한 줄기 세웠다

몰아치는 땡볕
무수한 발걸음에 짓눌려도
꺾일 듯 일어서는 기다림

웅얼웅얼 취한 듯
엎드려 들여다보는 사내
희미하게 낮달의 이름을 부른다

보도블록 위로 이름들이 흩어진다

－「낮 달맞이꽃」 전문

꿈을 견지한다는 것은, 세속의 삶을 사는 사람들에게 쉬운 일은 아니다. 대부분 우리들은 현실에 순응하며 꿈을 잊거나 잃고 살아간다. 시인에게도 꿈을 견지한다는 것은 쉬운 일은 아니다. 하지만 그는 포기하지 않는다. 그런 자세를 배태건 시인은 '낮 달맞이꽃'의 모습으로 비유하고 있다. "보도블록 틈새"에서 "몰아치는 땡볕"과 "무수한 발걸음"에 시달리면서 낮 달맞이꽃은 희미하게 보일 수밖에 "낮달의 이름을 부"르며 자신이 꿈꾸는 것에 대한 그리움을 멈추지 않는다. 그 모습을 "웅얼웅얼 취한 듯 / 엎드려 들여다보는 사내"는 바로 시인 자신일 것이다. 희미하게 하늘에 간신히 모습을 보이는 낮달처럼 쉽게 눈에 잡히지 않는 어떤 그리운 것을 찾고 있는 그는 정녕 꿈꾸는 자일 것이다.

시인은 그 꿈을 실현하기 위해 마법을 부리고자 한다. 시인에게 마법은 바로 시 쓰는 일이다.

> 흙에 꽃씨 뿌리고
> 흙에 글씨 뿌리고
> 흙에 말씨 뿌리고
>
> 꽃씨는 꽃이 되고
> 글씨는 시가 되고
> 말씨는 삶이 되고
>
> 꽃은 영원한 모성이 되고
> 시는 생명의 젖줄이 되고
> 삶은 마법의 기적이 되고
>
> — 「마법」 전문

꽃씨가 새 생명을 싹틔워 아름다움을 꽃 피우듯 '말씨'
와 '글씨'가 마법을 부려 우리의 삶에 "생명의 젖줄"과 기
적 같은 꿈을 실현하게 해 주리라 시인은 바라고 있다. 시
는 없는 것을 만들고 그 없는 것들이 우리의 삶을 아름답
고 풍부하게 만드는 마술이라는 것이다.

짙어가는 초록 위에 선홍빛 반짝인다

뿌리째 밀어 올린
저 붉은 마음

뜨거운 숨 내쏟는구나
날마다 숲을 물들이며
기울어지는 걸음걸음 누구를 기다리나

고목이 다 된 나도
저렇게 불붙을 수가 있을까

여름내 익혀둔 마음을
낭자하게 펼쳐본다

− 「다시, 백·일·홍」 전문

시인은 한 여름에 선홍빛으로 피어나고 있는 백일홍 나
무 꽃을 보고 누군가를 그리워하고 있는 마음으로 읽는
다. 그리고 자신 역시 그 백일홍처럼 다시 그리움의 불꽃

을 태워보리라 작정한다. 그리고 힘주어 그것을 쓴다. "백·일·홍" 이렇게 한 자 한 자 힘주어 쓰는 이유는 백일홍 그 꽃처럼 오래오래 자신의 낭자한 꿈을 간직하고 싶어서일 것이다.

3. 꿈꾸는 자의 슬픔

꿈을 꾼다는 것은 현실에 없는 것을 바라는 일이다. 때문에 꿈꾸는 자는 항상 결핍을 느끼고 살 수밖에 없다. 그는 그 결핍을 채우고자 하지만 그것은 채워지지 않는다. 채워지지 않기에 그는 다시 꿈을 꾼다. 모든 꿈은 이 결핍의 환유이고, 꿈꾸는 자는 이 환유의 연쇄를 벗어날 수 없다. 그러므로 그는 결핍을 메우려는 욕망의 좌절이 가져오는 슬픔의 정서를 벗어날 수 없다. 무엇인가를 그리워하는 사람은 슬픈 사람이다. 다음 시가 이를 잘 보여준다.

가지에 얹힌 가로 등불 골목 그득 일렁인다

어둠도 하늘하늘 봄바람에 얹혀 흔들린다

꽃자리 자리 자리에 펼쳐놓는 이름 하나

작은 입술 오물오물 봄 향 그득 조물조물

>

　달무리 지던 그 밤 첫 순정 그리던 밤

　목련꽃 터지는 봄밤이면 허공 가득 돋는 너

– 「목련꽃 밤하늘」 전문

　밤하늘을 배경으로 순백색으로 피어 있는 목련꽃은 아름답기 그지없다. 그 충만한 아름다운 풍경을 시인은 "가지에 앉힌 가로 등불 골목 그득 일렁인다"라고 감각적 이미지로 표현하고 있다. 그런데 그 일렁임이 환희를 불러일으키는 것이 아니라 누군가의 이름을 떠올리게 하고 누군가를 그리워하게 한다. 목련꽃의 살짝 벌린 꽃잎을 보고 시인은 그 그리움을 수줍게 발성하는 순정의 여인을 떠올린다. 하지만 이런 순정이 실현되지 못하는 것이 속세의 현실이다. 그것은 "달무리 지던 그 밤"의 추억으로만 남게 된다. 순수한 사랑에 대한 꿈과 그것을 실현하려는 우리의 욕망은 어김없이 좌절된다. 목련은 아름다운 첫사랑의 순정을 떠올리지만 그런 순정은 이제 현실에서 사라지고 없다. 이 시가 아름다우면서도 슬픈 이유가 여기에 있다.
　다음 시에서도 슬픔은 꿈에서부터 기인한다.

　황사가 새벽을 밀고 왔다
　가뜩이나 먼 풍경의 산봉우리를 가리고
　아침을 열어주던 파랑새는 기척이 없다

> 밤새 바람에 맞서다 꺾어진 마른 솔가지로
> 마당에 쪼그려 앉아 새를 그렸다
>
> 접었던 날개를 다시 펼쳐 그리고
> 눈동자를 그리고
> 부리를 그리려는 순간
> 머리 위 소나무 꼭대기에 앉아있던
> 파랑새 한 마리가 소리친다
>
> 나뭇가지를 가만가만 흔들어 주던 바람결
> 맑은 햇살은 먼지 끝에 묻혀 가려지고
> 황사 바람이 부는 아침
> 소나무 가지 어디엔가 숨어 앉아
> 파랑새가 소리 소리 멀어진다
>
> 네 희망은 그만 숨이 막혀 사라지련다
>
> — 「파랑새의 언어」 전문

파랑새는 꿈과 희망의 상징이다. 그러나 황사에 묻힌
하늘에서는 이 파랑새를 만날 수 없다. 기후 위기와 환경
파괴가 싱싱한 자연의 힘을 앗아가고 결국 우리의 희망
마저도 요원하게 만든 것이다. 그래서 시인은 마당에 앉
아 새를 그린다. 희망을 구체화하려는 시인의 노력이고
그것은 시 쓰기의 비유이기도 하다. 하지만 파랑새는 보

이지 않고 그 울음소리마저 멀어지고 만다. 결국 "희망은 그만 숨이 막혀 사라지"고 만 것이다. 시인은 아름다운 꿈을 상징하는 파랑새마저 슬픔의 이미지로 변화시키고 있다. 파랑새가 가지고 있는 희망과 행복은 채울 수 없는 욕망의 좌절로 귀결되리라는 것을 이 시는 우리에게 에둘러 알려주고 있다. 파랑새가 슬픔의 이미지로 바뀔 수밖에 없는 이유가 이것이다.

다음 시에서 시인은 아름다운 꽃에서조차 슬픔을 생각한다.

> 잠시 꽃그늘 아래에서
> 쏟아지는 꽃비의 황홀함에 젖어
> 세상을 까마득하게 잊어갈 때
>
> 문득 들려오는 소리
> 흐느낌을 쏟아내는 소리
>
> 피는 꽃만 꽃이더이까
> 지는 꽃만 꽃이더이까
> 아픔으로 피어나고 지는 이름들
> 이 세상 태어난 줄 모르게 태어나
> 이 세상 떠나는 줄 모르게 떠나는 이름들
> 모진 계절을 건너고 건너
> 몸살처럼 솟아오르는 가시도 있더이다

저릿한 몸 혼미하게 펼치고
솟구치는 이름들 받아 안는 바닥 날개

숲마다 언덕마다 꽃그늘을 키우는
꽃의 이면은 날개의 이면을 알까

- 「꽃의 이면」 전문

　시인은 꽃을 보고 꽃의 흐느낌 소리를 듣는다. 그 흐느낌은 꽃의 이면에서 나오는 울음소리이다. 꽃을 피우기 위해서는 수많은 가시들이 있어야 한다. 우리는 피는 꽃이건 지는 꽃이건 그 꽃의 아름다움을 탐하지만 꽃을 피우기 위한 한 존재의 시련의 시간을 생각하지 않는다. 그 시련의 시간들이 "몸살처럼 솟아"올라 가시가 되었다고 시인은 생각한다. 꽃의 흐느낌은 이 가시들의 울음이고 이 가시로 겪은 고통의 소리일 것이다. 아름다움 속에는 고통이 배어 있다는 것이 시인의 생각이다. 그리고 그것은 그의 시의 시학이기도 하다.
　다음 시의 슬픔은 좀 더 현실적 맥락에서 기인한다.

북적거리는 재래시장
앞서가던 흰머리 남자 양손에 든 검은 비닐봉지가 터진다
여기저기 흩어져 바닥에 나뒹구는 복숭아
두둑하게 잘 익은 복숭아
바닥에 부딪혀 금방 멍들고 상처에서 진물이 흘러내린다

은퇴 전 직장에서 호령을 했을 법한 굳은 표정
나뒹구는 것들에 어쩔 줄 몰라하며 복숭아를 줍는다

치매에 시달리는 어머니가 좋아하는 것인데
봉지가 왜 그리 잘 터지냐
중얼중얼 복숭아의 상처를 어루만진다

쪼그려 마주 앉는 길손들
흠집이 좀 있으면 어때요
깊고 덜큰한 향이 좋은데요

복숭아를 주워 건네며
복숭아씨처럼 깊이 패인 남자의 세월을 다독인다

희뿌연 낮달이 내려다보는 한여름 낮

노포 오일장 맛집 간판 위에 옹기종기 앉아 있던
비둘기들이 날아들어 기웃거린다

－「낮달이 내다보는 한낮」 전문

언뜻 보면 참 따뜻한 이야기이다. 노신사가 치매 걸린
어머니를 위해 복숭아를 사 가다 떨어뜨리고 그걸 본 주
변 사람들이 주워 건네주고 위로하는 장면이다. 어머니
를 위한 노신사의 마음도 그것을 도와주는 주변 사람들
의 행위도 모두 따뜻한 인간애를 느끼게 해 준다. 그런데

왜 이 아름다운 풍경 속에 슬픔의 정조가 묻어 있을까? 이 점이 배태건 시인의 시들이 가진 가장 뚜렷한 특징이 아닌가 한다.

이 시에 등장하는 것들은 다 오래되고 결국 사라져 갈 것들이다. 재래시장도 그렇고 "노포 오일장 맛집"도 그렇다. 그리고 이 시의 주인공인 퇴직한 흰머리 노신사도 그의 치매 걸린 어머니도 모두 다 오래된 그래서 머지않아 저물어 갈 그런 인물이다. 그들을 위한 과일인 복숭아 역시 노인을 생각하게 하는 과일이다. 부드러운 과육과 신 맛 없는 달콤함은 노년의 입맛에 딱 어울린다. 이런 모든 것들이 어울려져 슬픈 정조를 일으킨다. 거기에다 "낮달이 내다보는 한낮"이라는 제목이 이 슬픔을 좀 더 분명한 이미지로 만들어 준다. 한 여름 낮에 떠 있는 낮달은 그 존재 자체로 슬픔을 느끼게 한다. 시간을 잘못 선택에 떠오른 달은 자신의 광휘를 보여주지 못하고 희미함 모습으로 결국 사라져 갈 것이다. 그런 낮달이 초로의 신사를 보며 함께 하고 있다. 노신사도 달도 그것을 함께 보는 시인도 아련한 슬픔을 떠올리지 않을 수 없다.

다음의 시에서는 이런 슬픔의 정조를 하나의 시학으로 완성한다.

글썽글썽 저를 뜯어내는 통기타 곁으로
어둠의 발길들이 멈춰 선다

기울어진 술잔처럼 엇박자 노래를 흘리는

허술한 몸짓

날개 접은 밤 비둘기도 구구구구 모여든다

가늘고 굵은 줄들이 퉁겨 뱉어내는 이야기

포개 얹은 종이박스 몇 장에 올라앉아

펄럭거리는 지폐 몇 장을 누르고 있다

온몸 터져라 긁어 대는 밤의 집시여

가자, 낭만으로

텅텅 빈속을 채워 넣으며

길들도 기울어지는 곳

으슥한 도시의 한 쪽을 갈아 끼우며

어디에든 틀어 앉으면 둥지가 된다

흐느적거리는 통기타를 향해 시집 한 권이 다가간다

머뭇머뭇 쓰다만 시의 행간에 끼워 넣은

지폐 한 장도 따라간다

새 이름을 붙이며 노숙의 밤이 몇 페이지 더 늘어난다

– 「낭만 노숙」 전문

    시인은 스스로 자신을 낭만 노숙인이라 칭하고 있다. "으슥한 도시의 한쪽"에서 지폐 몇 장을 위해 노숙하며 노래를 부르는 방랑 가객처럼 시인 역시 가난과 방랑을 운명처럼 타고 태어났다. 노숙인 가객과 시인 자신의 동

류의식을 "흐느적거리는 통기타를 향해 시집 한 권이 다가간다"고 표현하고 있다. 시인이나 노숙인 가객이나 할 수 있는 것은 "엇박자 노래"와 "허술한 몸짓"이다. 그래서 얻을 수 있는 것은 종이박스 위에 놓인 지폐 몇 장일 뿐이지만 그들 곁에는 "어둠의 발길들"이 모여 멈춰 선다. 모두 다 "글썽글썽 저를 뜯어내는 통기타"를 듣기 위해서이다. 시인은 이 슬픔의 노래를 부르는 노숙인 가객과 같은 사람이다. 그래서 시인은 슬픔의 시를 통해 어둠 속에 살아가는 것들과 함께하고 그들을 위로한다. 배태건 시인의 시가 슬프지만 따뜻한 이유가 여기에 있다.

4. 맺으며

배태건 시인의 시는 슬프다. 슬픔에 대해 직접 말하거나 비통한 상황을 제시하거나 애절한 사연을 구체적으로 보여주고 있지 않아도 그의 시의 행간에는 슬픔이 짙게 배어 있다. 시어와 시어 사이, 이미지와 이미지 사이에 슬픔의 정조가 안개처럼 퍼져 있어 전체적으로 그의 시는 슬픈 분위기가 지배하고 있다. 그 이유는 앞에서도 자세히 썼지만 바로 꿈을 꾸기 때문이다. 무엇인가를 그리워하며 꿈꾸는 사람들에게 현실은 슬픔으로 점철되어 다가온다. 자신이 그리워하는 것들은 결핍으로 남아 있고 그 결핍을 채우지 못한 좌절된 욕망은 결국 슬픔이라는 정서를 내재화한다.

하지만 이 슬픔을 벗어나는 일마저 시인은 꿈꾸지 않을
수 없다. 그리고 그는 그 기적을 바라고 시를 쓴다.

저기 햇살이 부시네
기적처럼 기적을 울리며

- 「기적」 부분

시는 기적汽笛처럼 우리의 정신을 불현듯 깨우쳐 준다.
그렇기에 그것은 기적奇蹟이기도 하다. 꿈이 사라진 시대,
희망이 희미해진 현실에서 아직 그리운 것들이 남아 있
다는 가능성을 다시 일깨우는 일이기 때문이다. 이 시집
의 시어들이 햇살처럼 눈부시게 다가와 우리의 마음속에
기적을 들려주어 기적을 일으키기를 기대해 본다.